看圖寫作就三步

就三步

—— 從 20 字到 200 字

進階篇

商務印書館

本書繁體中文版由人民郵電出版社有限公司授權商務印書館（香港）有限公司在香港、澳門地區出版。

看圖寫作就三步 —— 從 20 字到 200 字（進階篇）

編　　著：小鉛筆作文研究中心

責任編輯：吳一帆

封面設計：張　毅

出　　版：商務印書館（香港）有限公司

　　　　　香港筲箕灣耀興道 3 號東滙廣場 8 樓

　　　　　http://www.commercialpress.com.hk

發　　行：香港聯合書刊物流有限公司

　　　　　香港新界荃灣德士古道 220–248 號荃灣工業中心 16 樓

印　　刷：美雅印刷製本有限公司

　　　　　九龍觀塘榮業街 6 號海濱工業大廈 4 樓 A 室

版　　次：2023 年 3 月第 1 版第 4 次印刷

　　　　　© 2019 商務印書館（香港）有限公司

　　　　　ISBN 978 962 07 0558 8

　　　　　Printed in Hong Kong

　　寫作是小學中國語文學習不可或缺的部分，也是孩子考試的丟分區。許多小學生因為詞彙量少，觀察力與邏輯力較弱，要寫連貫細緻的文字，並非一件容易的事。

　　我們詳細研究了市面上大量的作文輔導讀物，結合多年的實際教學經驗，取長補短，編寫了這套簡單易學、提綱挈領的《看圖寫作就三步——從20字到200字》，幫助孩子更好地進行作文起步訓練。

　　本書總結出了小學生寫作文最簡單有效的方法，將寫作方法和技巧，簡化成三個步驟：一、抓要素，二、找細節，三、加想像；配合生動有趣的圖畫，以小學生最容易接受的方式，直觀明瞭地呈現。

　　這看似簡單的三步，實則既培養了孩子的觀察力、分析力，又促進了孩子的想像力、表達力，保護了孩子的寫作個性，激發了孩子的思維潛能；既滿足了應試作文的要求，又使孩子的作文脫離了流水線作文的千篇一律。

　　經過學習本書，孩子在寫作文的時候，會由毫無頭緒、充滿畏懼、不知如何下筆，變成胸有成竹、下筆有序、敢寫愛寫。寫作將不再是考試的丟分區，孩子會從此愛上寫作，真正開始享受寫作的樂趣。

小鉛筆作文研究中心

目錄

玩具熊

1 抓要素，寫一句話

甚麼東西	玩具熊
誰的	我的
顏色	黃色絨毛　紅色蝴蝶結

　　我有一個黃色的絨毛玩具熊，它脖子上繫着紅色蝴蝶結，它是我的好朋友。

約20字

找細節，把句子拉長

評價	用處	外形
我很喜歡它 它是我最親密的朋友	陪我睡覺 聽我講心事	繫着紅色的蝴蝶結 毛茸茸的身體 小小的眼睛 黑亮的鼻子 彎彎的嘴巴 圓圓的耳朵

　　我有一個黃色的絨毛玩具熊，它有圓圓的耳朵、彎彎的嘴巴、黑亮的鼻子和小小的眼睛，毛茸茸的身體又輕又柔軟，脖子上還繫着紅色的蝴蝶結，特別神氣。我有了不開心的事都會告訴它，它總是很認真地聽。它是我親密無間的朋友，我很喜歡它。

約100字

字詞記一記　耳朵　嘴巴　鼻子　眼睛　身體　脖子

3 加想像，讓句子變胖

> 「乖乖」總是笑嘻嘻的，好像甚麼煩心事也沒有。

> 每次看到它胖胖的臉，我就忍不住想笑，心情就特別好。

想一想　　　　想一想

　　我有一個黃色的絨毛玩具熊，它有圓圓的耳朵、彎彎的嘴巴、黑亮的鼻子和小小的眼睛，毛茸茸的身體又輕又柔軟，脖子上還繫着紅色的蝴蝶結，特別神氣。我有了不開心的事都會告訴它，它總是很認真地聽。我給它起了個名字叫「乖乖」，「乖乖」總是笑嘻嘻的，好像甚麼煩心事也沒有，每次看到它胖胖的臉，我就忍不住想笑，心情就特別好。「乖乖」是我親密無間的朋友，我很喜歡它。

約200字

好詞
學一個　　**親密無間**　｜　形容關係十分密切，沒有絲毫隔閡。

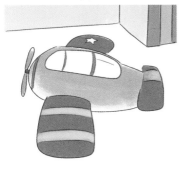

練一練

飛機模型

① 抓要素

- 甚麼東西
- 誰的
- 顏色

② 找細節

- 外形
- 用處
- 評價

小貼士

仔細觀察小飛機的外形，再進行描寫，記得加上你對這個玩具的感情哦。

好詞大口代衣

盤旋　輕盈　閃閃發光
動力　理想　自由飛翔
分擔　分享　期待

③ 加上想像寫出來

延伸
想一想

輕盈　輕便　輕鬆　重　沉重

種下一棵小樹苗

1 抓要素，寫一句話

時間	春天的週末
地點	家門口的草地
誰	茜茜
幹甚麼	種樹

春天的一個週末，茜茜來到家門口的草地上，種下了一棵小樹苗。

約20字

2 找細節，把句子拉長

春天的一個週末，茜茜手裏拿着種樹的工具和小樹苗，來到家門口的草地上。茜茜想：「這裏有鮮花，有綠草，就缺一棵樹了，我就把小樹苗種在這裏吧。」她先用鏟子在草地上挖了個坑，接着把樹苗插進坑裏，然後培上泥土，最後給樹苗澆了水。

約100字

方法
學一學

她先用鏟子在草地上挖了個坑，接着把樹苗插進坑裏，然後培上泥土，最後給樹苗澆了水。

③ 加想像，讓句子變胖

小蝴蝶繞着小樹飛來飛去不肯走，一定很喜歡這棵小樹。

想一想

小蝴蝶，等小樹長大了，開了花，你一定要再來找小樹玩呀！

説一説

　　春天的一個週末，茜茜手裏拿着種樹的工具和小樹苗，來到家門口的草地上。茜茜想：「這裏有鮮花，有綠草，就缺一棵樹了，我就把小樹苗種在這裏吧。」她先用鏟子在土地上挖了個坑，接着把樹苗插進坑裏，然後培上泥土，最後給樹苗澆了水。小蝴蝶都飛來在樹枝間翩翩起舞。茜茜望着小蝴蝶高興地想：「小蝴蝶繞着小樹飛來飛去不肯走，牠一定很喜歡這棵小樹。」她笑着對小蝴蝶説：「小蝴蝶，等小樹長大了，開了花，你一定要再來找小樹玩呀！」

　　　　　　　　　　　　　　　　　約200字

好詞
學一個　**翩翩起舞**｜形容輕快地跳舞，這裏指蝴蝶輕快地飛舞。

養金魚

① 抓要素

| 時間 |
| 地點 |
| 誰 |
| 幹甚麼 |

② 找細節

| 環境 |
| 動作 |
| 表情 |

小貼士

養金魚可不光是和金魚玩耍那麼簡單。寫寫怎麼餵食,換水,清洗魚缸吧。

好詞大口袋

懶洋洋　慢悠悠　游來游去
搖曳　搖頭擺尾　追逐嬉戲
逗人喜愛　豔麗

③ 加上想像寫出來

延伸
想一想

懶洋洋　慢悠悠　慢吞吞　急匆匆

快樂的海邊遊

1

抓要素，寫一句話

時間	暑假
地點	海邊
誰	媽媽和童童
幹甚麼	遊玩

暑假裏，媽媽帶童童去海邊遊玩，離開時，童童對大海依依不捨。

約20字

表情	動作	環境
開心 依依不捨	拿着救生圈下海游泳	一望無際蔚藍的大海 天空中飛翔着海鷗 遠處有漁船

　　暑假裏，媽媽帶着童童來到海邊遊玩。媽媽和童童換了泳衣，拿着救生圈下海游泳。海風吹拂着海水，翻捲起一層又一層的浪花，幾隻海鷗在藍天下自由地飛翔，遠處的港灣裏停靠着剛剛到港的漁船。童童覺得海邊就像童話中的世界一樣美麗。

約100字

字詞 記一記 海　浪花　海鷗　藍天　漁船

3 加想像，讓句子變胖

童童說

媽媽，我太喜歡大海了，可惜我們很快就要回家了。

媽媽說

你把這個海螺放在耳邊，能聽見海浪的聲音。我們把海螺帶回家，就像把大海也帶回家了。

　　暑假裏，媽媽帶着童童來到海邊遊玩。媽媽和童童換了泳衣，拿着救生圈下海游泳。海風吹拂着海水，翻捲起一層又一層的浪花，幾隻海鷗在藍天下自由地飛翔，遠處的港灣裏停靠着剛剛到港的漁船。童童覺得海邊就像童話中的世界一樣美麗，他望着大海，依依不捨地說：「媽媽，我太喜歡大海了，可惜我們很快就要回家了。」媽媽笑了，拿起一個海螺說：「你把這個海螺放在耳邊，能聽見海浪的聲音。我們把海螺帶回家，就像把大海也帶回家了。」童童高興地把海螺抱在懷裏。

約200字

好詞學一個 依依不捨 ｜ 非常依戀，捨不得離開。

練一練

學習摘葡萄

① 抓要素

時間

地點

誰

幹甚麼

② 找細節

環境

動作

表情

小貼士

試着描寫一下圖上的小朋友是怎麼挑選葡萄、摘葡萄的。

好詞大口袋

又蹦又跳　令人陶醉　甘甜
晶瑩　酸溜溜　水靈靈
鬱鬱蔥蔥　日曬雨淋

③ 加上想像寫出來

延伸
想一想

甘甜　甜　甜美　香甜　甜品

我們一起堆雪人

1 抓要素，寫一句話

時間	新年的早上
地點	家門口
誰	曼曼　小峯　青青
幹甚麼	堆雪人

　　新年的早上，天上下起大雪，曼曼、小峯和青青在家門口堆了一個可愛的雪人。

約20字

表情	動作	環境	② 找細節，把句子拉長
左右端詳　大笑	滾雪球　搓手　跺腳　給雪人安鼻子	天地一片白茫茫	

新年的早上，天上下起大雪，房子、樹木、馬路像蓋上了厚厚的棉被。曼曼、小峯和青青一起堆雪人。三個小夥伴先在雪地上滾出一大一小兩個雪球，大的做雪人的身子，小的做雪人的頭，然後給雪人做了鼻子和眼睛。一個可愛的雪人堆好了，大家都很開心。

約100字

方法學一學　天上下起大雪，房子、樹木、馬路像蓋上了厚厚的棉被。

3 加想像，讓句子變胖

曼曼用胡蘿蔔給雪人做了個尖尖的鼻子，青青用彈珠給雪人做了亮晶晶的眼睛，小峯拿來兩根樹枝做雪人的胳膊。

我們堆了一個多麼漂亮可愛的雪人啊！

想一想　　　說一說

　　新年的早上，天上下起了大雪，房子、樹木、馬路像蓋上了厚厚的棉被。曼曼高興極了，連忙去叫小峯和青青一起堆雪人。三個小夥伴先在雪地上滾出一大一小兩個雪球，大的做雪人的身子，小的做雪人的頭。曼曼用胡蘿蔔給雪人做了個尖尖的鼻子，青青用彈珠給雪人做了亮晶晶的眼睛，小峯拿來兩根樹枝做雪人的胳膊。雪人終於做好了，大家看着雪人笑着說：「我們堆了一個多麼漂亮可愛的雪人啊！」

約200字

好詞
學一個

銀裝素裹 ｜ 非常素潔、乾淨，一般用來形容下雪後的景色。

練一練

快樂的野餐

① 抓要素

時間

地點

誰

幹甚麼

② 找細節

環境

動作

表情

小貼士

圖上的小朋友帶了甚麼食物去野餐？運用你的想像力寫出來吧。

好詞大口代表

誘人　前仰後合　根深葉茂

風和日麗　清涼　享受

難以忘懷

③ 加上想像寫出來

延伸
想一想

風和日麗　晴空萬里　和風細雨　傾盆大雨

甜甜的夢

1 抓要素，寫一句話

時間	深夜
地點	牀上
誰	珊珊和小狗
幹甚麼	做美夢

深夜，珊珊和她的小狗都睡熟了，各自做了一個美夢。

約20字

表情	動作	環境	找細節，把句子拉長 ②
甜甜的笑	舒服地躺着 嘴在動	安靜的夜晚 溫暖的臥室	

　　一個安靜的夜晚，珊珊和她的小狗一起睡着了。珊珊夢見天上下起了糖果雨，自己高興地蹲在地上使勁撿；小狗夢見牠找到了一塊很大的肉骨頭，高興地啃着。珊珊和小狗各自做着美夢，臉上都露出了甜甜的笑容。

約100字

字詞記一記 高興　美夢　笑容　好心情　心花怒放

3 加想像，讓句子變胖

五顏六色、各種形狀的水果糖，有士多啤梨味的、橘子味的、西瓜味的……

這肉骨頭又香又嫩，實在是太好吃了！

珊珊的夢

小狗的夢

一個安靜的夜晚，珊珊和她的小狗一起睡着了。珊珊夢見天上下起了糖果雨，落下了各種各樣、五顏六色的水果糖，有士多啤梨味的、橘子味的、西瓜味的……珊珊高興地一邊撿一邊吃。小狗夢見牠找到了一塊肉骨頭，這肉骨頭又香又嫩，實在是太好吃了！牠使勁地啃着。珊珊和她的小狗各自做着美夢，臉上都露出了甜甜的笑容，明天早上醒來一定都有好心情。

約200字

好詞
學一個

五顏六色 | 形容色彩複雜或花樣繁多。

即興表演

① 抓要素

| 時間 |
| 地點 |
| 誰 |
| 幹甚麼 |

② 找細節

| 環境 |
| 動作 |
| 表情 |

小貼士

圖上的小朋友為甚麼會在一起表演？結合題目來想一想。

好詞大口袋

完美　勇氣　悅耳　動人
沉醉其中　配合默契　從容不迫
歡快　沉穩

③ 加上想像寫出來

延伸 想一想

悅耳　動聽　音樂　唱歌　樂器

運木頭

1

抓要素，寫一句話

時間	秋天
地點	森林的小河旁
誰	小熊　小豬　小猴
幹甚麼	運木頭

　　秋天到了，小熊、小豬和小猴去森林裏砍樹，把木頭運回來蓋房子。

約20字

2

找細節，把句子拉長

表情	動作	環境
得意 滿頭大汗 着急	扛着木頭 滾着木頭走 把木頭放在河裏	森林裏 水流很急的小河

　　秋天到了，森林裏越來越冷，小豬、小熊和小猴決定蓋一座木房子。三個好朋友一起去森林裏砍樹，但是怎麼把木頭運回去呢？小熊扛着木頭走，累得滿頭大汗；小豬把木頭放在地上滾着走，也不輕鬆；小猴把木頭放在小河裏，讓流淌的河水幫忙運，牠最省勁。

約100字

字詞記一記　　累　滿頭大汗　疲勞　輕鬆　輕易

③ 加想像，讓句子變胖

我力氣大，我把木頭
扛回去。
我要像滾皮球一樣把
木頭滾回去。

我讓河水幫我運木頭。

小豬和
小熊說

小猴說

秋天到了，森林裏越來越冷，小豬、小熊和小猴決定蓋一座木房子。三個好朋友一起去森林裏砍樹，卻發愁怎麼把木頭運回去。小熊說：「我力氣大，我把木頭扛回去。」牠扛起木頭，不一會兒就累得滿頭大汗。小豬說：「我要像滾皮球一樣把木頭滾回去。」小豬把木頭放在地上一下一下滾着走，速度很慢。小猴胸有成竹地笑笑：「我讓河水幫我運木頭。」說完把木頭推進了水裏，木頭像小船一樣順着河水往前漂，輕鬆極了。

約200字

好詞學一個 胸有成竹 | 事先已做好充分的準備，事情保證能做好。

朋友的祝福

① 抓要素

- 時間
- 地點
- 誰
- 幹甚麼

② 找細節

- 環境
- 動作
- 表情

小貼士

小獅子事先會想到有這麼多朋友來看望牠嗎？描寫一下牠的心情。

好詞大口代衣

昏昏沉沉　難過　寂寞
意外　驚喜　感動　難忘
喜出望外

③ 加上想像寫出來

延伸
想一想　難過　寂寞　悲哀　憂傷　憂鬱　愁眉不展

爭過獨木橋

1 抓要素，寫一句話

時間	一天下午
地點	獨木橋上
誰	黑山羊和白山羊
幹甚麼	爭着先過橋

一天下午，黑山羊和白山羊在獨木橋上爭着先過橋。

約20字

2 找細節，把句子拉長

表情	動作	環境
憤怒 傲慢	互不相讓 頭頂在一起 吵架	窄窄的獨木橋 水流很急的河

　　森林裏有一座獨木橋，橋下的水流很急。一天，一隻黑山羊和一隻白山羊面對面地走上獨木橋。橋很窄，兩隻羊不能同時通過。兩隻山羊互不相讓，都認為自己應當先過橋。牠們就這樣吵了起來，誰也不服誰，最後頂着犄角打起架來。

約100字

字詞記一記　　互不相讓　吵架　爭吵　打架　衝突

3 加想像，讓句子變胖

是我先上的橋，你應該退回去，讓我先過。

可我比你走得快，看看，我已經走過了橋的一大半，所以你應該退回去，讓我先過。

白山羊說

黑山羊說

　　森林裏有一座獨木橋，橋下的水流很急。一天，一隻黑山羊和一隻白山羊面對面地走上獨木橋。橋很窄，兩隻羊不能同時通過。兩隻山羊互不相讓，都認為自己應當先過橋。白山羊傲慢地說：「是我先上的橋，你應該退回去，讓我先過。」黑山羊一聽，憤怒地說：「可我比你走得快，看看，我已經走過了橋的一大半，所以你應該退回去，讓我先過。」牠們就這樣吵了起來，誰也不服誰，最後頂着犄角打起架來，結果沒站穩，一起從橋上掉下去，落進了河裏。

約200字

好詞 學一個 | **互不相讓** | 互相爭鬥，不肯謙讓。

練一練

分享快樂

❶ 抓要素

| 時間 |
| 地點 |
| 誰 |
| 幹甚麼 |

❷ 找細節

| 環境 |
| 動作 |
| 表情 |

小貼士

你怎麼理解分享所帶來的快樂？結合本圖寫出來。

好詞大口袋

增添　必不可少　心意
温暖　笑咪咪　大方
成羣結隊

❸ 加上想像寫出來

延伸
想一想

分享　朋友　夥伴　成羣結隊　同窗好友

看猴子

1 抓要素，寫一句話

時間	星期一
地點	動物園
誰	老師和同學們
幹甚麼	看猴子

> 　　星期一，老師帶同學們去動物園看猴子。猴子們很可愛。
>
> 約20字

② 找細節，把句子拉長

　　星期一，天氣晴朗，老師帶同學們去動物園的猴山看猴子。猴子們都非常可愛，有的用尾巴掛住樹枝盪鞦韆，有的站在石頭上學金雞獨立，有的在草地上奔跑，還有一隻小猴子坐在假山的最高處，神氣地吃着蘋果。

約100字

字詞記一記　可愛　神氣　活潑　動物　猴子

3 加想像，讓句子變胖

我是這裏的大王，才不會隨便給你們表演節目呢！

想一想

同學們看得入了迷，都忍不住鼓起了掌。

做一做

　　星期一，天氣晴朗，老師帶同學們去動物園的猴山看猴子。猴子們都非常可愛，看見有人在看牠們，格外活潑。有的用尾巴掛住樹枝盪鞦韆，有的站在石頭上學金雞獨立，有的在草地上奔跑，還有一隻猴子坐在假山的最高處，一邊神氣地吃着蘋果，一邊觀察着四周的動靜，那驕傲的樣子像是在說：「我是這裏的大王，才不會隨便給你們表演節目呢！」同學們看得入了迷，都忍不住鼓起了掌。大家都覺得猴子聰明極了！

約200字

好詞 學一個 　金雞獨立　｜　指獨腿站立的一種武術姿勢，也指用一足站立。

練一練

餵　小　鳥

① 抓要素

- 時間
- 地點
- 誰
- 幹甚麼

② 找細節

- 環境
- 動作
- 表情

小貼士

運用你的想像力，描述一下小姑娘給小鳥餵食的有趣場面。

好詞大口袋

神氣十足　活潑可愛　聰明伶俐
親近　心情舒暢　飛翔

③ 加上想像寫出來

延伸
想一想

小鳥　飛翔　翅膀　自由　自由自在

1

抓要素，寫一句話

時間	教師節
地點	校園裏
誰	吳老師　同學們
幹甚麼	為老師慶祝節日

　　教師節到了，同學們在校園裏為吳老師慶祝節日，送吳老師禮物。

約20字

表情	動作	環境	找細節，把句子拉長 ②
驚喜　感動	捧着賀卡　送卡通畫　合唱歌曲	校園裏	

　　教師節到了，同學們在校園裏給班主任吳老師慶祝節日。同學們爭先恐後地把提前準備好的禮物塞到老師的手裏，有自己製作的賀卡，有自己畫的卡通畫。大家給老師合唱了一首歌，感謝老師的辛勤培育。吳老師又驚喜又感動。

約100字

字詞 記一記　　感謝　感動　感激　激動　動人心弦

3 加想像，讓句子變胖

同學們說

老師，這是我為您畫的肖像畫，您看像不像？老師，這是我自己做的賀卡，您喜歡嗎？

老師說

同學們的禮物我都非常喜歡，謝謝大家。

　　教師節到了，同學們在校園裏給班主任吳老師慶祝節日。同學們爭先恐後地把提前準備好的禮物塞到老師的手裏。一個同學拿出一幅漂亮的卡通畫遞給老師說：「老師，這是我為您畫的肖像畫，您看像不像？」另一個同學捧着一張精緻的賀卡說：「老師，這是我自己做的賀卡，您喜歡嗎？」吳老師拿着禮物，笑得特別開心，她連連點頭說：「同學們的禮物我都非常喜歡，謝謝大家。」同學們都很高興，大家圍着老師，給老師合唱了一首歌。

約200字

好詞 學一個 | **連連點頭** | 不斷點頭，表示非常同意。

過 生 日

生日快樂

① 抓要素

時間

地點

誰

幹甚麼

② 找細節

環境

動作

表情

小貼士

同學們為甚麼要一起給圖上的小朋友過生日？你能設想出一個特別的原因嗎？

好詞大口袋

隆重　熱烈　相伴　祝福
珍貴　香噴噴　又大又圓
盼望已久

③ 加上想像寫出來 ·····

溫故
而知新　香噴噴　香甜　甜美　甜品　蛋糕

爬長城

1

抓要素，寫一句話

時間	假期裏

地點	長城

誰	宣宣和爸爸

幹甚麼	爬長城

　　假期裏，爸爸帶着宣宣一起去北京爬長城。宣宣在爸爸的鼓勵下，堅持爬到了最高處。

約20字

2 找細節，把句子拉長

表情	動作	環境
沮喪　疲憊　下決心	氣喘吁吁　坐在地上不肯走	連綿不斷的長城　鬱鬱葱葱的樹木

　　假期裏，爸爸帶着宣宣一起去北京爬長城。宣宣爬到一半就累得氣喘吁吁，看着前面的路，沮喪地坐在地上不肯走了。爸爸鼓勵宣宣要堅持，這樣才能看見最美麗的風景。在爸爸的鼓勵下，宣宣鼓起勇氣繼續向上爬，一直堅持爬到了長城的最高處。

約100字

温故而知新 累　氣喘吁吁　滿頭大汗　堅持　勇氣

③ 加想像，讓句子變胖

連綿不絕的長城看起來就像一條巨大的長龍，看不見頭，也看不見尾。

長城兩旁長滿了鬱鬱葱葱的樹木，山上盛開着燦爛的花朵。

 看一看

 看一看

假期裏，爸爸帶着宣宣一起去北京爬長城。宣宣爬到一半就累得氣喘吁吁，看着前面的路，沮喪地坐在地上不肯走了。爸爸鼓勵宣宣要堅持，這樣才能看見最美麗的風景。在爸爸的鼓勵下，宣宣鼓起勇氣繼續向上爬，一直堅持爬到了長城的最高處。連綿不絕的長城看起來就像一條巨大的長龍，看不見頭，也看不見尾。長城兩旁長滿了鬱鬱葱葱的樹木，山上盛開着燦爛的花朵。宣宣高興地跳了起來，大聲説：「這裏的景色太壯觀了！幸好我堅持了下來。」

約200字

好詞學一個 連綿不絕 | 形容一直連續，從不中斷。

跳 高 比 賽

❶ 抓要素

時間

地點

誰

幹甚麼

❷ 找細節

環境

動作

表情

小貼士

這場比賽一定很激烈，小選手遇到甚麼困難了沒有？他們是怎麼解決的？

好詞大口代表

激烈　消除　擔憂　淘汰
興奮　努力　姿勢優美　關鍵

❸ 加上想像寫出來

延伸 想一想

比賽　激烈　體育　奧運會　棋逢對手

大掃除

1 抓要素，寫一句話

時間	放學後
地點	教室
誰	同學們
幹甚麼	大掃除

　　放學後，同學們在教室裏進行大掃除，教室被打掃得非常乾淨。

約20字

表情

認真 欣喜

動作

拿着掃帚 舉着粉擦 浸濕了抹布

環境

寫滿字的黑板 地上有紙屑

放學後，同學們在教室裏進行大掃除。大家幹得可起勁了。有的拿着掃帚去掃地，有的拿着抹布去擦桌子，有的舉着粉擦去擦黑板。大家爭先恐後，都想多為班級出一份力，教室被打掃得非常乾淨。

約100字

字詞記一記

大掃除 掃帚 掃地 擦 打掃 乾淨

3 加想像，讓句子變胖

地上的灰塵一掃就都揚起來；黑板怎麼也擦不乾淨；玻璃上的污漬怎麼也擦不掉。

同學們都沒有用到一個很重要的東西，那就是水。

同學説

老師説

　　放學後，同學們在教室裏進行大掃除。大家幹得可起勁了。有的拿着掃帚在掃地，有的用抹布在擦桌子，有的舉着粉擦在擦黑板。大家爭先恐後，都想多為班級出一份力，可是教室裏卻很快變得塵土飛揚。大家七嘴八舌地説：「地上的灰塵一掃就都揚起來；黑板老是擦不乾淨；玻璃上的污漬怎麼也擦不掉。」這時老師笑着説：「同學們都沒有用到一個很重要的東西，那就是水。」大家在老師的指點下，用上了水，很快就把教室打掃得非常乾淨。

約200字

好詞
學一個

爭先恐後 ｜ 搶着向前，生怕自己落後。

精彩的魔術表演

① 抓要素

- 時間
- 地點
- 誰
- 幹甚麼

② 找細節

- 環境
- 動作
- 表情

小貼士

從哪裏可以看出這是一場精彩的魔術表演?注意描寫人物的表情和心理。

好詞大口代袋

出神入化　目不暇接　雀躍
讚歎不已　笑聲不斷
掌聲雷動　不可思議

③ 加上想像寫出來

字詞記一記

表演　精彩　讚歎不已　笑聲不斷
掌聲雷動

小貓釣老鼠

1 抓要素，寫一句話

時間	深夜
地點	客廳
誰	咪咪貓和吱吱鼠
幹甚麼	咪咪貓用奶酪捉吱吱鼠

　　深夜，客廳裏寂靜無聲，咪咪貓在魚鈎上掛了一塊奶酪去捉吱吱鼠。

約20字

表情	動作	環境
等待　疑惑　得意	咪咪貓站在凳子上　手舉着魚竿	安靜的客廳　四周漆黑

② 找細節，把句子拉長

　　深夜，客廳裏寂靜無聲。咪咪貓躡手躡腳地爬上了凳子，舉着一根魚竿，魚竿的另一頭掛着一塊奶酪。牠想捉一隻叫吱吱鼠的小老鼠。吱吱鼠識破了咪咪貓的計策，沒上當，躲回窩裏睡大覺去了。

約100字

字詞 記一記　安靜　寂靜　寧靜　熱鬧　夜闌人靜

③ 加想像，讓句子變胖

> 這個饞嘴的老鼠怎麼還不來，這香噴噴的奶酪可是牠最愛吃的呀！

> 天上怎麼會掉奶酪，一定是陷阱，我才不上當。

咪咪貓想

吱吱鼠想

　　深夜，客廳裏寂靜無聲。咪咪貓躡手躡腳地爬上了凳子，舉着一根魚竿，魚竿的另一頭掛着一塊奶酪。牠想捉一隻叫吱吱鼠的小老鼠。咪咪貓一動都不敢動，生怕吱吱鼠識破牠的妙計。過了好久，咪咪貓有些疑惑地想：「這個饞嘴的老鼠怎麼還不來，這香噴噴的奶酪可是牠最愛吃的呀！」吱吱鼠其實早就來過了，牠在黑暗中聞着奶酪的香味想：「天上怎麼會掉奶酪，一定是陷阱，我才不上當！」於是跑回窩裏睡大覺去了。可憐的咪咪貓一直舉着魚竿，等到天亮也一無所獲。

約200字

**好詞
學一個**　　躡手躡腳　｜　放輕腳步走的樣子。也形容偷偷摸摸、鬼鬼祟祟的樣子。

奇特的蛋糕

①
抓要素

| 時間 |
| 地點 |
| 誰 |
| 幹甚麼 |

②
找細節

| 環境 |
| 動作 |
| 表情 |

小貼士

小熊為甚麼這麼高興？
這個蛋糕有甚麼奇特的
地方？

好詞大口袋

晶瑩剔透　光彩奪目　冰天雪地
奇思妙想　與眾不同

③ 加上想像寫出來

小兔子運南瓜

1 抓要素，寫一句話

時間	秋天的早晨
地點	南瓜田
誰	小兔子和小猴子
幹甚麼	運南瓜

　　秋天的早晨，小兔子去自己的南瓜田裏收南瓜。小猴子騎車路過。

約20字

2

找細節，把句子拉長

表情	動作	環境
發愁 思考 靈機一動	滾南瓜 輕鬆地騎着車	南瓜田 田間小路

　　秋天，小兔子種的南瓜成熟了，牠興高采烈地到南瓜地裏摘南瓜。小兔子挑中了一個最大的南瓜，可是搬不動。小兔子正在着急，忽然看見小猴子騎着自行車經過，小兔子看着自行車轉動不停的圓輪子，靈機一動，想出了好主意。牠把圓圓的大南瓜像球一樣推着滾回了家。

約100字

字詞記一記　靈機一動　好主意　機智　急中生智

3 加想像，讓句子變胖

我的南瓜和自行車的車輪一樣都是圓圓的。

説一説

我可以把大南瓜像車輪一樣滾回家去。

好主意

　　秋天，小兔子種的南瓜成熟了，牠興高采烈地到南瓜地裏摘南瓜。小兔子挑中了一個最大的南瓜，可是怎麼搬也搬不動。小兔子正在着急，忽然看見小猴子騎着自行車經過，小兔子看着自行車轉動不停的圓輪子，靈機一動，想出了好主意。牠高興地説：「我的南瓜和自行車的車輪一樣都是圓圓的。我可以把大南瓜像車輪一樣滾回家去。」説着，小兔子把南瓜立起來，試着朝小路推了一下，南瓜果然自己滾了好遠。就這樣，小兔子輕而易舉地把大南瓜運回了家。

約200字

好詞學一個　**輕而易舉**｜非常地容易，毫不費力。

練一練

誰打碎了盤子

① 抓要素

時間

地點

誰

幹甚麼

❷ 找細節

環境

動作

表情

小貼士

盤子是怎麼打碎的？小雞和
小狐狸是怎麼處理這件
事的？

好詞大口代表

珍貴　可惜　後悔　懲罰
一不小心　組織　安慰
氣惱　慚愧

❸ 加上想像寫出來

延伸
想一想　　後悔　悔恨　懊悔　遺憾　悔悟

打羽毛球

1 抓要素，寫一句話

時間	週末　晚飯後
地點	體育館
誰	繁繁和姐姐
幹甚麼	打羽毛球

　　週末晚飯後，繁繁和姐姐去體育館打羽毛球。繁繁打得手忙腳亂。

約20字

表情	動作	環境	找細節，把句子拉長 ②
驚訝　佩服	使勁揮舞球拍　跳起來接球　手忙腳亂	有很多劃分好的場地	

　　週末，吃過晚飯，繁繁和姐姐來到離家不遠的體育館打羽毛球。體育館裏的大廳被劃分成了很多塊羽毛球場地，繁繁和姐姐來到其中一處開始打球。姐姐的動作很標準，身手也很敏捷，繁繁為了接到球，一會兒使勁揮舞球拍，一會兒連跑帶蹦，手忙腳亂。

約100字

方法學一學　一會兒使勁揮舞球拍，一會兒連跑帶蹦

3 加想像，讓句子變胖

姐姐，你怎麼打得這麼好？

打羽毛球有好多的竅門，經常練習就能打好。

繁繁説

姐姐説

　　週末，吃過晚飯，繁繁和姐姐來到離家不遠的體育館打羽毛球。體育館裏的大廳被劃分成了很多塊羽毛球場地，繁繁和姐姐來到其中一處開始打球。姐姐的動作很標準，身手也很敏捷，繁繁為了接到球，一會兒使勁揮舞球拍，一會兒連跑帶蹦，手忙腳亂。繁繁對姐姐的球技又驚訝又佩服，他氣喘吁吁地問：「姐姐，你怎麼打得這麼好？」姐姐笑着説：「打羽毛球有好多的竅門，經常練習就能打好。」繁繁使勁點頭。

約200字

好詞學一個 **手忙腳亂** | 形容遇事慌張，不知道怎麼辦好。

打乒乓球

①

抓要素

| 時間 |
| 地點 |
| 誰 |
| 幹甚麼 |

②

找細節

| 環境 |
| 動作 |
| 表情 |

小貼士

注意描寫打球時的場面、小朋友的動作，這樣會使作文很生動。

好詞大代表

飛快　旋轉　期盼
異常激烈　巧妙　目瞪口呆
落花流水　汗流浹背

③ 加上想像寫出來

溫故而知新　激烈　體育比賽　汗流浹背　氣喘吁吁

老師教我剪窗花

1 抓要素，寫一句話

時間	星期一
地點	視藝課堂上
誰	晶晶　老師
幹甚麼	剪窗花

　　星期一的視藝課上，老師教晶晶剪出了一個美麗的蝴蝶窗花。

約20字

表情	動作	環境
認真　小心翼翼	拿着剪刀　摺疊彩紙　畫圖	安靜的教室

2 找細節，把句子拉長

　　星期一的視藝課上，老師讓大家自己做手工剪紙。晶晶想剪一個蝴蝶形狀的窗花，可是蝴蝶翅膀上的花紋她不知道怎麼剪。後來在老師的幫助下，晶晶剪出了自己滿意的漂亮窗花，同學們也都稱讚她的作品最好。

約100字

字詞記一記　視藝　手工　剪紙　花紋　作品

③ 加想像，讓句子變胖

老師，怎麼才能把中間那些不要的圖案剪掉呢？

有個特別簡單的辦法，就是把彩紙摺疊起來剪。

晶晶説

老師説

　　星期一的視藝課上，老師讓大家自己做手工剪紙。同學們都很興奮，個個躍躍欲試。晶晶想剪一個蝴蝶形狀的窗花，可是蝴蝶翅膀上的花紋她不知道怎麼剪。她問老師：「老師，怎麼才能把中間那些不要的圖案給剪掉呢？」老師告訴晶晶：「有個特別簡單的辦法，就是把彩紙摺疊起來剪。」晶晶按着老師説的，小心翼翼地把彩紙摺疊了兩下，果然很容易地剪掉了不想要的地方，剪出了自己滿意的漂亮窗花。同學們都稱讚她的作品最好。

約200字

好詞
學一個　躍躍欲試 ｜ 形容急切地想試試。

做 手 工

❶ 抓要素

- 時間
- 地點
- 誰
- 幹甚麼

❷ 找細節

- 環境
- 動作
- 表情

小貼士

你一定做過手工，請結合自己的真實經歷來寫這幅圖。

好詞大口袋

心靈手巧　創意　饒有興趣
開動腦筋　細緻入微
複雜　信心

❸ 加上想像寫出來

延伸 想一想　心靈手巧　心滿意足　得心應手　心狠手辣

看花燈

1

抓要素，寫一句話

時間	正月十五的晚上
地點	公園
誰	爸爸　媽媽　我
幹甚麼	看花燈

　　正月十五的晚上，爸爸、媽媽帶我去公園看花燈。公園裏掛着各式各樣的花燈，好美呀！

約20字

表情	動作	環境
饒有興趣　開心	蹦跳　鼓掌	燈火通明　遊客特別多

　　正月十五的晚上，爸爸、媽媽帶我去公園看花燈。整個公園裏燈火通明，各式各樣的美麗花燈讓人眼花繚亂，尤其是嫦娥奔月和七個小矮人的花燈，做得格外精緻。我看得入了迷，開心得一會兒跳起來，一會兒使勁鼓掌。這個晚上過得特別有意思。

約100字

溫故而知新　開心得一會兒跳起來，一會兒使勁鼓掌

3 加想像，讓句子變胖

嫦娥身上鮮豔的紗裙在風裏微微飄拂，好像她真的要飛起來一樣。

七個小矮人表情各不相同，非常逗人喜愛。

 想一想

 想一想

　　正月十五的晚上，爸爸、媽媽帶我去公園看花燈。公園裏來看花燈的遊客特別多，大家一起說說笑笑地前行。整個公園裏燈火通明，各式各樣的美麗花燈讓人眼花繚亂，尤其是嫦娥奔月和七個小矮人的花燈，做得格外精緻。嫦娥身上鮮豔的紗裙在風裏微微飄拂，好像她真的要飛起來一樣；七個小矮人表情各不相同，非常逗人喜愛。我看得入了迷，開心得一會兒跳起來，一會兒使勁鼓掌。這個晚上過得特別有意思。

約200字

好詞 學一個 眼花繚亂 | 看着複雜紛繁的東西而感到迷亂。也比喻事物複雜，無法辨清。

練一練

植 物 園

① 抓要素

時間
地點
誰
幹甚麼

② 找細節

環境
動作
表情

小貼士

植物園裏有很多我們平時見不到的植物，你來寫一寫。

好詞大口代衣

五彩繽紛　色彩豔麗　各種各樣
奇花異草　姿態　流連忘返

③ 加上想像寫出來

延伸
想一想

奇花異草　百花齊放　春暖花開　鳥語花香

升國旗儀式

1

抓要素，寫一句話

時間	星期一早晨
地點	學校的操場
誰	我們　老師
幹甚麼	舉行升國旗儀式

　　星期一早晨，老師帶領我們在學校的操場舉行了莊嚴的升國旗儀式。

約20字

表情	動作	環境
莊嚴 充滿敬意	昂首挺胸 注視 唱國歌	學校的操場 升旗台

　　星期一早晨，老師帶領我們在學校的操場舉行了莊嚴的升國旗儀式。我們穿着整潔的校服，面對着升旗台排隊站好，一起看着升旗手捧着五星紅旗，昂首挺胸地走上升旗台。我們注視着國旗徐徐升起，並大聲唱起國歌。

約100字

字詞
記一記

國旗　五星紅旗　國歌　中國　祖國

3 加想像，讓句子變胖

國旗緩緩地升向天空，在藍天白雲中迎風飄揚。

看一看

想一想

我一定要好好學習，長大後為祖國增光添彩！

　　星期一早晨，老師帶領我們在學校的操場舉行了莊嚴的升國旗儀式。我們穿着整潔的校服，面對着升旗台站好，一起看着升旗手捧着五星紅旗，昂首挺胸地走上升旗台。我們注視着國旗徐徐升起，並大聲唱起國歌。國歌聲畢，國旗到達旗杆最高處，在藍天白雲中迎風飄揚。我仰望着五星紅旗，心情非常激動，暗暗地下決心：我一定要好好學習，長大後為祖國增光添彩！

約200字

好詞 學一個 　**昂首挺胸** ｜ 抬起頭，挺起胸膛，形容鬥志高，士氣旺。

打籃球

①抓要素

時間

地點

誰

幹甚麼

②找細節

環境

動作

表情

小貼士

仔細觀察這張圖，感覺場面很激烈吧？你要怎麼去描述？

好詞大口袋

跳躍　騰空　邀請　情不自禁
火冒三丈　又蹦又跳

③加上想像寫出來⋯⋯⋯⋯⋯

延伸
想一想

火冒三丈　接二連三　朝三暮四　一波三折

哭泣的小河

1 抓要素，寫一句話

時間	一天早上
地點	小河邊
誰	小松鼠和小河
幹甚麼	小河哭泣

　　一天早上，小松鼠來到小河邊，看見這條被垃圾污染的小河正在哭泣。

約20字

表情	動作	環境	
傷心 憤怒 無奈	搬家 哭訴	河裏全是垃圾 河水發黃變醜 岸邊的樹都枯死了	**2** 找細節，把句子拉長

　　小松鼠居住的樹林，很多樹都枯死了，沒有了食物，小松鼠只好搬家。牠拿着行李走到小河邊，聞到很刺鼻的味道，原來很清澈的小河已經變成了渾濁的黑河。小河忍不住哭泣起來，對小松鼠講述了自己被污染的經過。

約100字

字詞 記一記 污染　環境　環保　樹林　小河　地球

③ 加想像，讓句子變胖

我以前清澈潔淨，岸邊開滿了鮮花，水裏游着小魚，可是自從人們把污水排到這裏之後，我就漸漸變成了這個樣子。

小河説

因為污染，森林裏的樹好多都枯死了。

松鼠説

　　小松鼠居住的樹林，很多樹都枯死了，沒有了食物，小松鼠只好搬家。牠拿着行李走到小河邊，聞到很刺鼻的味道，原來很清澈的小河已經變成了渾濁的黑河。小河忍不住哭泣起來：「我以前清澈潔淨，岸邊開滿了鮮花，水裏游着小魚，可是自從人們把污水排到這裏之後，我就漸漸變成了這個樣子。」小松鼠搖了搖頭説：「因為污染，森林裏的好多樹都枯死了。」看着傷心的小河，小松鼠難過地想：「這裏還能恢復到原來山清水秀的樣子嗎？」

約200字

好詞學一個　山清水秀 ｜ 山上綠樹成蔭，水流清澈秀美，形容風景美麗。

地球的願望

① 抓要素

時間
地點
誰
幹甚麼

② 找細節

環境
動作
表情

小貼士

地球為甚麼想要洗個澡？想像一下它被污染成了甚麼樣子。

好詞大口代

烏煙瘴氣　堆積如山　污濁
臭氣沖天　恐懼　塵土飛揚

③ 加上想像寫出來

延伸
想一想

污濁　渾濁　骯髒　乾淨　潔淨

發新書

1
抓要素，寫一句話

時間	開學第一天
地點	教室
誰	晨晨、老師和同學們
幹甚麼	發新書

　　開學第一天，老師在教室裏給晨晨和同學們發新書。

約20字

② 找細節，把句子拉長

表情	動作	環境
高興　迫不及待　興奮	小聲議論　翻看新書	新學期第一天　整潔的教室

　　開學第一天，晨晨走進教室，看見老師的講台上擺着幾大捆新書。同學們都在興奮地小聲議論：「要發新書了。」晨晨趕緊到座位上坐好，和同學們一起等待。老師終於開始發書了，先拿到新書的同學都迫不及待地打開看起來，很快，晨晨也領到了新書。

約100字

字詞　記一記　　開學　教室　講台　座位　書　書本

③ 加想像，讓句子變胖

新書的封面是甚麼樣的？裏面會有很多有趣的內容嗎？

想一想

我一定好好愛護你們，給你們都套上漂亮的書衣，讓你們乾淨整潔地陪我學習。

說一說

　　開學第一天，晨晨走進教室，看見老師的講台上擺着幾大捆新書。同學們都在興奮地小聲議論：「要發新書了。」晨晨趕緊到座位上坐好，和同學們一起等待。老師終於開始發書了，先拿到新書的同學都迫不及待地打開看起來。晨晨心裏想：「新書的封面是甚麼樣的？裏面會有很多有趣的內容嗎？」很快，晨晨也領到了新書，他小心翼翼地翻開，鄭重地對着新書說：「我一定好好愛護你們，給你們都套上漂亮的書衣，讓你們乾淨整潔地陪我學習。」

約200字

好詞學一個　迫不及待｜急迫得不能等待。形容心情急切。

愛提問的維維

① 抓要素

時間
地點
誰
幹甚麼

② 找細節

環境
動作
表情

小貼士

圖上的小朋友很愛提問題，你能想出甚麼有趣的問題嗎？

好詞大口袋

奇思妙想　精靈古怪　接連不斷
聰明可愛　思維活躍　參與
開懷大笑

③ 加上想像寫出來

**延伸
想一想**　聰明　思維活躍　聰明伶俐　聰明才智
觸類旁通

吃西瓜

1 抓要素，寫一句話

時間	晚飯後
地點	家裏
誰	君君和爸爸、媽媽
幹甚麼	吃西瓜

晚飯後，君君和爸爸、媽媽在家裏吃西瓜，君君請爸爸、媽媽先吃。

約20字

　　晚飯後，媽媽抱出一個翠綠的大西瓜。爸爸拿起菜刀，向着瓜皮一切，只聽「嚓」的一聲，西瓜分成兩半，爸爸接着把西瓜都切成小塊。君君拿起兩塊最大的西瓜，先遞給爸爸和媽媽。爸爸、媽媽都高興地誇君君是個懂事的孩子。

約100字

字詞
記一記

翠綠　碧綠　嫩綠　綠草如茵　桃紅柳綠

3 加想像，讓句子變胖

君君，快吃西瓜吧！

爸爸，媽媽，每次有了好吃的你們都讓我先吃。現在我長大了，請你們先吃吧。

媽媽說

君君說

　　晚飯後，媽媽抱出一個翠綠的大西瓜。爸爸拿起菜刀，向着瓜皮一切，只聽「嚓」的一聲，西瓜被一分為二。紅紅的瓤、黑黑的籽，是一個沙瓤的大西瓜。爸爸接着把西瓜都切成小塊。媽媽說：「君君，快吃西瓜吧！」君君卻拿起兩塊最大的西瓜，遞給爸爸和媽媽：「爸爸，媽媽，每次有了好吃的你們都讓我先吃。現在我長大了，請你們先吃吧。」爸爸、媽媽接過西瓜，喜出望外地說：「君君長大了，真是個懂事的好孩子。」

約200字

好詞 學一個	喜出望外	遇上出乎意料的好事而感到特別高興、開心。

我 不 挑 食

① 抓要素

- 時間
- 地點
- 誰
- 幹甚麼

② 找細節

- 環境
- 動作
- 表情

小貼士

圖上的小朋友從最開始挑食，後來轉變成不挑食了，試着從這個角度去寫一寫。

好詞大口袋

挑挑揀揀　極不情願　面黃肌瘦
結實　挑剔　習慣
改正　精神百倍

③ 加上想像寫出來

**延伸
想一想**　　面黃肌瘦　瘦骨伶仃　結實　健壯　魁梧

小狗的倒影

1 抓要素，寫一句話

時間	一天下午
地點	小橋上
誰	小狗
幹甚麼	叼着骨頭過橋　骨頭掉進河裏

　　一天下午，小狗叼着骨頭過小橋，以為河裏的倒影是敵人，吼叫的時候把骨頭掉進了河裏。

約20字

找細節，把句子拉長

表情	動作	環境
驚訝　生氣 垂頭喪氣	探着頭向橋下看	晴朗的天氣 清澈的河面 彎彎的小橋

　　一個晴朗的下午，一隻小狗撿到一根很大的肉骨頭，興高采烈地叼着骨頭往家跑。過橋的時候，牠低頭看見清澈的河面上也有一隻小狗咬着骨頭，牠以為自己的骨頭被河面上的小狗拿走了，生氣地衝着河面「汪汪」大叫起來。只聽「撲通」一聲，小狗嘴裏的骨頭落進了河裏，牠只好垂頭喪氣地回家了。

約100字

方法 學一學　「汪汪」大叫起來　只聽「撲通」一聲

③ 加想像，讓句子變胖

> 牠怎麼叼着一根和我撿來的一模一樣的肉骨頭，難道牠把我的骨頭偷走了嗎？

> 哎呀！我怎麼忘記這河裏的小狗就是我的倒影啊！

想一想

説一説

　　一個晴朗的下午，一隻小狗撿到一根很大的肉骨頭，興高采烈地叼着骨頭往家跑。過橋的時候，牠低頭看見清澈的河面上也有一隻小狗咬着骨頭，牠驚訝地想：「牠怎麼叼着一根和我撿來的一模一樣的肉骨頭，難道牠把我的骨頭偷走了嗎？」想到這裏，牠生氣地衝着河面「汪汪」大叫起來，只聽「撲通」一聲，小狗嘴裏的骨頭落進了河裏。小狗目瞪口呆，忽然大叫：「哎呀！我怎麼忘記這河裏的小狗就是我的倒影啊！」牠望着沉入河底的骨頭嚥了嚥口水，垂頭喪氣地回家了。

約200字

好詞 學一個	垂頭喪氣	因為失敗或不順利而情緒低落、萎靡不振的樣子。

小貓釣魚

1 抓要素

時間

地點

誰

幹甚麼

2 找細節

環境

動作

表情

小貼士

小貓是怎麼釣魚的？最開始怎樣？後來怎樣？牠是不是改變了做法才最終釣到魚的？

好詞大口代衣

三心二意　上躥下跳　失望
醒悟　平心靜氣　專心致志

3 加上想像寫出來

延伸
想一想　三心二意　漫不經心　專心致志　一心一意

花裙子

1 抓要素，寫一句話

時間	夏天的早晨
地點	草地
誰	小熊　小貓　小狗
幹甚麼	小狗給小熊的裙子畫上蝴蝶

夏天的早晨，小熊把士多啤梨汁弄到了白裙子上，小狗替牠在弄髒的裙子上畫了幾隻蝴蝶。

約20字

找細節，把句子拉長

表情	動作	環境
驚喜　沮喪　興奮　意外	小狗畫畫　小貓鼓掌　小熊跳舞	綠草茵茵的草地　小貓和小狗在畫畫

　　夏天的早晨，小熊穿着新買的白裙子，高高興興地去找小貓和小狗玩。牠一邊走一邊吃着士多啤梨，不小心把士多啤梨汁滴到了新裙子上。小狗看到小熊難過的樣子，想出了一個好主意，牠在小熊的裙子上畫了一隻隻蝴蝶，裙子變得更漂亮了。小熊開心地跳起舞來。

約100字

方法
學一學

牠一邊走一邊吃着士多啤梨，不小心把士多啤梨汁滴到了新裙子上。

3 加想像，讓句子變胖

這塊士多啤梨漬多像一隻蝴蝶啊！

我們乾脆把裙子上的士多啤梨汁畫成蝴蝶吧。

 小貓説

 小狗説

夏天的早晨，小熊穿着新買的白裙子，高高興興地去找小貓和小狗玩。牠一邊走一邊吃着士多啤梨，不小心把士多啤梨汁滴到了新裙子上。小熊着急地對正在畫畫的小貓和小狗説：「士多啤梨汁是洗不掉的，怎麼辦？」看着小熊難過的樣子，小貓也覺得很可惜，牠仔細端詳着白裙子説：「這塊士多啤梨漬多像一隻蝴蝶啊！」小狗聽了，忽然跳起來説：「我們乾脆把裙子上的士多啤梨漬畫成蝴蝶吧。」小狗拿起畫筆，認真地在小熊的裙子上畫出了一隻隻蝴蝶，這條裙子一下子變得與眾不同了。小熊開心地跳起舞來。

約200字

好詞 學一個 | 與眾不同 | 表示和大家不一樣。

練一練

分 西 瓜

① 抓要素

| 時間 |
| 地點 |
| 誰 |
| 幹甚麼 |

② 找細節

| 環境 |
| 動作 |
| 表情 |

小貼士

小熊分西瓜，一半大一半小，
怎麼辦呢？牠做了一個怎樣
的決定呢？

好詞大口代表

炎熱　滿頭大汗　不均勻
明智　皆大歡喜　笑嘻嘻

③ 加上想像寫出來

溫故
而知新

炎熱　滿頭大汗　汗流浹背　炎夏　酷暑
酷熱

過河

1 抓要素，寫一句話

時間	剛下過大雨
地點	漲水的小河邊
誰	小松鼠和大白鵝
幹甚麼	大白鵝馱着小松鼠過河

剛下過大雨，在漲水的小河邊，大白鵝馱着小松鼠過河。

約20字

②

找細節，把句子拉長

表情	動作	環境
焦急　感激	小松鼠急得抓耳撓腮 抱住鵝脖子	剛下過大雨 小河的水面上漲

　　剛下過大雨，小河裏漲水了。小松鼠着急過河，站在河邊急得抓耳撓腮，忽然看見一隻大白鵝游了過來。小松鼠揮舞着雙手，使勁呼喚着大白鵝，向牠尋求幫助。大白鵝讓小松鼠騎在自己的背上，小松鼠抱住鵝脖子，渡過了小河。

約100字

字詞記一記　　着急　心急　焦急　心急如焚　燃眉之急

3 加想像，讓句子變胖

親愛的大白鵝，我沒辦法過河，你能幫幫我嗎？

 小松鼠說

那還不簡單！你爬到我的背上來，我馱你過去。

大白鵝說

剛下過大雨，小河裏漲水了。小松鼠着急過河，站在河邊急得抓耳撓腮，忽然看見一隻大白鵝游了過來。小松鼠揮舞着雙手，使勁呼喚着大白鵝。大白鵝循着聲音游過來，小松鼠對大白鵝說：「親愛的大白鵝，我沒辦法過河，你能幫幫我嗎？」大白鵝笑着說：「那還不簡單！你爬到我的背上來，我馱你過去。」小松鼠騎在大白鵝的背上，抱住鵝脖子，又穩又舒服，順利地渡過了小河。

約200字

好詞
學一個　抓耳撓腮 ｜ 抓抓耳朵，搔搔腮幫子。形容心裏焦急而沒辦法的樣子。

練一練

①
抓要素

時間
地點
誰
幹甚麼

②
找細節

環境
動作
表情

小貼士

這四幅圖講了一個有趣的故事，你寫的時候可以着重寫哪裏有趣哦。

好詞大口代表

垂涎欲滴　忍耐　香甜可口
無可奈何　誘惑　哭笑不得

③ 加上想像寫出來

延伸
想一想

垂涎欲滴　香甜可口　食物　美食
民以食為先

小豬問路

1 抓要素，寫一句話

時間	一天中午
地點	森林裏
誰	小豬　小熊　烏龜
幹甚麼	小豬向大家問路

　　一天中午，小豬在森林裏迷了路，牠向小熊和烏龜問路，卻沒人願意幫牠。

約20字

2 找細節，把句子拉長

表情	動作	環境
疑惑　傲慢　驚訝　生氣	轉身走開　撓腦袋	雜草叢生的森林，看不見道路

　　一天中午，小豬在雜草叢生的森林裏迷了路。看見一隻小熊走過來，小豬大聲叫道：「喂！狗熊，你告訴我怎麼走出森林。」小熊生氣地看了牠一眼，轉身走開了。這時草叢裏爬出來一隻烏龜，小豬又跳過去叫道：「喂！老烏龜，你告訴我怎麼走出森林。」烏龜看着牠歎了口氣，也走開了。小豬莫名其妙地抓抓腦袋。

約100字

字詞 記一記　疑惑　莫名其妙　懷疑　疑心　半信半疑

③ 加想像，讓句子變胖

小豬說

為甚麼牠們都對我不理不睬呢？

豬媽媽說

都怪你對大家太沒有禮貌了。

　　一天中午，小豬在雜草叢生的森林裏迷了路。看見一隻小熊走過來，小豬大聲叫道：「喂！狗熊，你告訴我怎麼走出森林。」小熊生氣地看了牠一眼，轉身走開了。這時草叢裏爬出來一隻烏龜，小豬又跳過去叫道：「喂！老烏龜，你告訴我怎麼走出森林。」烏龜看着牠歎了口氣，也走開了。小豬莫名其妙地抓抓腦袋說：「為甚麼牠們都對我不理不睬呢？」小豬一直到天黑都沒能走出去，牠又餓又怕，忍不住哭了起來。這時，豬媽媽找到了小豬，聽小豬講了問路的經過，說：「都怪你對大家太沒有禮貌了。」小豬這才明白，慚愧地低下了頭。

約200字

好詞
學一個

不理不睬 ┃ 不搭理別人，指對人或事物不聞不問，漠不關心。

粗心的小狐狸

① 抓要素

- 時間
- 地點
- 誰
- 幹甚麼

② 找細節

- 環境
- 動作
- 表情

小貼士

注意觀察第一張圖和最後一張圖，它們之間有甚麼關聯？

好詞大口代衣

酣暢淋漓　盡興　邀請
欣然同意　流淌　洶湧
大驚失色　後悔不迭

③ 加上想像寫出來

 延伸
想一想

邀請　欣然同意　欣然接受　斷然拒絕
一口回絕

097

媽媽生病了

1

抓要素，寫一句話

時間	晚上

地點	家裏

誰	可可和媽媽

幹甚麼	可可為生病的媽媽做飯

　　可可放學回家，看見媽媽生病了。可可給媽媽做飯，照顧她，媽媽很感動。

約20字

表情	動作	環境	2 找細節，把句子拉長
可可擔心　媽媽感動	煮麵條　端給媽媽	媽媽躺在牀上生病了	

　　可可放學回家，看見媽媽躺在牀上，媽媽發燒了。看着一直昏睡的媽媽，可可特別擔心。他來到廚房，學着媽媽的樣子做了一碗熱騰騰的麵條，端到牀前給媽媽吃。媽媽特別感動，誇獎可可是個懂事的好孩子。

約100字

字詞記一記　　麵條　麵包　車仔麵　米飯　米線

3 加想像，讓句子變胖

媽媽，我生病的時候你就做過這樣的熱麵條給我吃，還說吃了一出汗，病就好了。

可可真是長大了，已經懂得照顧媽媽了，媽媽真高興！

可可說

媽媽說

可可放學回家，看見媽媽躺在牀上，媽媽發燒了。看着一直昏睡的媽媽，可可特別擔心，他想：「媽媽這樣不吃不喝地睡覺，病怎麼能好呢？」他來到廚房，學着媽媽的樣子做了一碗麵條，端到牀前。可可對媽媽說：「媽媽，我生病的時候你就做過這樣的熱麵條給我吃，還說吃了一出汗，病就好了。」媽媽坐起來，端着這碗熱氣騰騰的麵條，感動地說：「可可真是長大了，已經懂得照顧媽媽了，媽媽真高興！」

約200字

好詞 學一個 **熱氣騰騰** │ 熱氣向上蒸騰的樣子。

給媽媽送傘

1 抓要素

時間

地點

誰

幹甚麼

2 找細節

環境

動作

表情

小貼士

可以略寫下雨,詳細描寫
人物的心理活動。

好詞大口代袋

雷聲轟鳴　瓢潑大雨　焦急
耐心　欣喜　幸福　貼心
眉飛色舞　笑逐顏開

3 加上想像寫出來

 延伸
想一想　　眉飛色舞　笑逐顏開　眉開眼笑　愁眉苦臉

小兔種白菜

抓要素，
寫一句話

時間	白天　晚上
地點	田裏
誰	小兔子
幹甚麼	種白菜

　　小兔子在一塊田裏種上了白菜，不分晝夜辛勤地照顧菜苗，終於收穫了白菜。

約20字

表情	動作	環境
期待　開心	鋤地　播種　澆水　收穫	菜地　炎熱的太陽　彎彎的月亮

2 找細節，把句子拉長

　　小兔子很喜歡吃白菜，於是買了種子自己種。牠頭頂着炎炎烈日，把地鋤得很鬆軟。牠一直忙到晚上，一點兒也顧不上休息，小心翼翼地把種子撒在地裏。接下來的日子，小兔子精心培育長出的菜苗，每天澆水、施肥，幾個月後，終於收穫了又粗又大的白菜。

約100字

字詞記一記　鬆軟　柔軟　軟綿綿　堅硬　堅固

103

3 加想像，讓句子變胖

小兔子鬆土的時候，彷彿看見白菜苗躺在鬆軟的土裏伸着懶腰。

小兔子澆水的時候，彷彿聽見白菜苗「咕嘟嘟」大口喝水的聲音。

想一想

想一想

　　小兔子很喜歡吃白菜，於是買了種子自己種。牠頭頂着炎炎烈日，把地鋤得很鬆軟。牠一直忙到晚上，一點兒也顧不上休息，小心翼翼地把種子撒在地裏。接下來的日子，小兔子精心培育已經長出的菜苗。小兔子鬆土的時候，彷彿看見菜苗躺在鬆軟的土裏伸着懶腰；小兔子澆水的時候，彷彿聽見菜苗「咕嘟嘟」大口喝水的聲音。小兔子夜以繼日地辛勤照顧菜苗，每天澆水、施肥。一轉眼幾個月過去了，小兔子地裏的菜苗都長成了又粗又大的白菜。

約200字

好詞學一個 | **夜以繼日** | 晚上連着白天。形容加緊工作或學習。

井裏的倒影

❶ 抓要素

| 時間 |
| 地點 |
| 誰 |
| 幹甚麼 |

❷ 找細節

| 環境 |
| 動作 |
| 表情 |

小貼士

小花貓為甚麼害怕獅子？
牠對小白兔說了甚麼？

好詞大口袋

恐怖　咆哮　錦囊妙計　襲擊
瑟瑟發抖　威脅　怒不可遏

❸ 加上想像寫出來

延伸 想一想　害怕　瑟瑟發抖　恐懼　膽怯　提心吊膽

爸爸的朋友

1 抓要素，寫一句話

時間	晚上
地點	家裏
誰	晨晨和陌生人
幹甚麼	陌生人讓晨晨開門

　　晚上，有個陌生人敲晨晨家的門，獨自在家的晨晨用自己的方法解決了問題。

約20字

<table>
<tr><td>表情</td><td>動作</td><td>環境</td><td rowspan="2">找細節，把句子拉長 ②</td></tr>
<tr><td>思考　緊張</td><td>站在板凳上從貓眼向門外看</td><td>晨晨獨自一人在家</td></tr>
</table>

晚上，爸爸、媽媽還沒下班，晨晨一個人在家裏寫作業。門外有個陌生的男人讓晨晨開門，説自己是晨晨爸爸的朋友，來送東西。晨晨沒有着急開門，而是站在板凳上，從防盜眼裏目不轉睛地觀察着門外的陌生人，他一邊看，一邊思考自己該怎麼做。

約100字

方法
學一學　晨晨沒有着急開門，而是站在板凳上，從防盜眼裏目不轉睛地觀察着門外的陌生人。

3 加想像，讓句子變胖

叔叔，你叫甚麼名字？我要給爸爸打電話問清楚這件事。

晨晨說

陌生人說

晨晨真是個聰明又細心的孩子。

　　晚上，爸爸、媽媽還沒下班，晨晨一個人在家裏寫作業。門外有個陌生的男人讓晨晨開門，說自己是晨晨爸爸的朋友，來送東西。晨晨沒有着急開門，而是站在板凳上，從防盜眼裏目不轉睛地觀察着門外的陌生人，他一邊看，一邊思考自己該怎麼做。他隔着門問陌生人：「叔叔，你叫甚麼名字？我要給爸爸打電話問清楚這件事。」陌生人告訴了晨晨自己的名字，晨晨和爸爸通了電話，確定了是爸爸請這位同事去給家裏送東西。晨晨這才打開房門，請那位叔叔進屋。叔叔進門後，衝着晨晨豎起大拇指稱讚說：「晨晨真是個聰明又細心的孩子。」

約200字

好詞
學一個

目不轉睛 ｜ 眼珠子一動不動地盯着看，形容注意力非常集中。

洗衣服

① 抓要素

- 時間
- 地點
- 誰
- 幹甚麼

② 找細節

- 環境
- 動作
- 表情

小貼士

圖上的小朋友做了甚麼錯事？
他是怎麼補救的？

好詞大口袋

亂七八糟　潔淨　污漬
凌空飛射　笑容可掬　誠實

③ 加上想像寫出來

溫故而知新　亂七八糟　污漬　骯髒　潔淨　乾淨　整潔

拍照

1 抓要素，寫一句話

時間	週末

地點	公園

誰	松松和哥哥　小女孩

幹甚麼	哥哥給松松拍照　松松去扶摔倒的女孩

　　週末，哥哥帶松松去公園拍照。松松看見一個小女孩摔倒了，上前扶起了她，哥哥拍下了這個瞬間。

約20字

表情	動作	環境
着急　微笑	哥哥拍照　快跑　攙扶	風和日麗

　　週末，風和日麗，哥哥帶松松去公園拍照。哥哥指導松松擺好了一個漂亮的姿勢，正準備按快門，突然發現松松着急地向旁邊的空地跑去。原來是一個小女孩摔倒了，松松跑過去扶起她。哥哥微笑着舉起相機，把這個難得的瞬間拍了下來。

約100字

方法學一學

原來是一個小女孩摔倒了，松松跑過去扶起她。

③ 加想像，讓句子變胖

小妹妹，你沒事吧？哪裏磕疼了？

沒事，謝謝大哥哥！

 松松説

小女孩説

　　週末，風和日麗，哥哥帶松松去公園拍照。哥哥指導松松擺好了一個漂亮的姿勢，正準備按快門，突然發現松松着急地向旁邊的空地跑去。原來是一個小女孩摔倒了，松松跑過去，一邊扶起她一邊問：「小妹妹，你沒事吧？哪裏磕疼了？」小女孩站起來，拍了拍身上的土，笑着説：「沒事，謝謝大哥哥！」莫名其妙地跟着跑過來的哥哥看見了這一幕，不禁微笑着説：「這個姿勢可比故意擺出來的有意義多了！」他舉起相機，把這個難得的瞬間拍了下來。

約200字

好詞學一個 莫名其妙 ｜ 不知道發生了甚麼事情。

練一練

讓座

抓要素

| 時間 |
| 地點 |
| 誰 |
| 幹甚麼 |

找細節

| 環境 |
| 動作 |
| 表情 |

小貼士

圖上的小朋友為甚麼給一個叔叔讓座？那是他注意到了一個細節，你可不要忽略哦！

好詞大口代

榜樣　擔心　讚許　沉重
溫馨　引人注目　細節

③ 加上想像寫出來

延伸
想一想　　榜樣　道德　美德　公德心　助人為樂

113

近視眼

1

抓要素，
寫一句話

時間	放假了
地點	馬路上　牀上　飯桌前
誰	京京
幹甚麼	走路、吃飯、睡覺都拿着書看

　　放假了，京京走路、吃飯、睡覺前都拿着書在看，沒過多久，他的眼睛就近視了。

約20字

② 找細節，把句子拉長

表情	動作	環境
入迷	邊走邊看	路上
後悔	邊吃邊看	飯桌前
滿不在乎	趴在牀上看	醫院　牀上

　　京京特別愛看書，隨時隨地都捧着書看。放學路上他邊走邊看，差點撞到樹上；吃飯的時候他邊吃邊看，甚麼滋味也沒吃出來；睡覺前他在昏暗的牀頭燈下看，一邊看一邊打瞌睡。學校組織同學們去體檢，醫生告訴京京他的眼睛近視了，需要配眼鏡。京京非常後悔沒有愛護眼睛。

約100字

方法
學一學　放學路上他邊走邊看，差點撞到樹上。

3 加想像，讓句子變胖

這樣看書對眼睛不好。

沒事，我的視力特別棒！

大家説

京京説

　　京京特別愛看書，隨時隨地都捧着書看。放學路上他邊走邊看，差點撞到樹上。一個老爺爺提醒他：「這樣看書對眼睛不好。」京京滿不在乎地説：「沒事，我的視力特別棒！」吃飯的時候他邊吃邊看，媽媽提醒他：「這樣看書對眼睛不好。」京京滿不在乎地説：「沒事，我的視力特別棒！」睡覺前他在昏暗的牀頭燈下看書，爸爸提醒他：「這樣看書對眼睛不好。」京京滿不在乎地説：「沒事，我的視力特別棒！」學校組織同學們去體檢，醫生告訴京京他的眼睛近視了，需要配眼鏡。京京想起大家的勸告，非常後悔沒有愛護眼睛。

約200字

好詞 學一個　隨時隨地　｜ 任何時間、地點，時時處處。

救 火

① 抓要素

- 時間
- 地點
- 誰
- 幹甚麼

② 找細節

- 環境
- 動作
- 表情

小貼士

圖上的小朋友好心辦壞事，
被淋濕的老爺爺會說甚麼？

好詞大口代衣

急急忙忙　濃煙滾滾　橫眉怒目
大吃一驚　濕透　用盡全力

③ 加上想像寫出來

延伸
想一想

橫眉怒目　火冒三丈　怒氣沖天　怒火中燒

我來幫忙

1 抓要素，寫一句話

時間	週末
地點	家裏
誰	米莉　媽媽　爸爸　爺爺　奶奶
幹甚麼	米莉幫大家做事

　　週末，米莉在家裏幫大家做事，得到了大家的誇獎。

約20字

2

找細節，把句子拉長

表情	動作	環境
高興　欣慰	遞醬油　提菜籃 送眼鏡　端飯	廚房　門口　客廳 餐廳

　　週末，米莉早早把作業做完，想幫助大人做事。她走到廚房，幫正在炒菜的媽媽遞醬油；她走到門口，幫買菜回來的爸爸提菜籃；她走到客廳，幫要看報的爺爺遞眼鏡；吃飯的時候，米莉先給奶奶盛了一碗飯端過去。爺爺、奶奶、爸爸、媽媽都稱讚米莉是個懂得照顧別人的好孩子。

約100字

字詞 記一記　廚房　門口　客廳　餐廳　住宅

3 加想像，讓句子變胖

我來幫您吧。

米莉長大了。
謝謝米莉。
米莉心真細。
米莉太乖了。

 米莉說

大家說

　　週末，米莉早早把作業做完，想幫助大人做事。她走到廚房，看見媽媽正在炒菜，米莉說：「我來幫您吧。」說着遞上醬油瓶，媽媽笑着點點頭，稱讚她：「米莉長大了。」米莉走到門口，看見爸爸買菜回來了，米莉趕忙雙手接過菜籃說：「我來幫您吧。」爸爸高興地摸摸她的頭說：「謝謝米莉。」米莉走到客廳，爺爺正要看報紙，米莉把老花鏡遞給了爺爺，爺爺眉開眼笑地說：「米莉心真細。」吃飯的時候，米莉先給奶奶盛了一碗飯端過去，奶奶笑得合不攏嘴說：「米莉太乖了。」爺爺、奶奶、爸爸、媽媽一致稱讚米莉長大了，是個懂事的好孩子。

約200字

好詞 學一個　眉開眼笑 ｜ 眉頭舒展，眼含笑意。形容高興愉快的樣子。

練一練

到底怪誰

❶ 抓要素

時間

地點

誰

幹甚麼

❷ 找細節

環境

動作

表情

小貼士

圖上的女孩為甚麼會把水打翻？仔細觀察這件事到底該怪誰。

好詞大口袋

忐忑　不知所措　內疚　尷尬
從頭到腳　慌裏慌張　濕漉漉

❸ 加上想像寫出來

延伸
想一想　　濕漉漉　潮濕　濕潤　乾　乾燥

121

飛機模型

① 抓要素

甚麼東西	飛機模型
誰的	我的
顏色	綠色加藍白條紋

② 找細節

外形	橢圓
用處	參加比賽
評價	我第一次親手完成的作品

一句話提示

重點寫你為甚麼喜歡這個飛機模型，它有甚麼特別的地方。

養金魚

① 抓要素

時間	晚飯後
地點	家中客廳
誰	程程
幹甚麼	餵金魚

② 找細節

環境	大魚缸裏有七條金魚　水草　過濾器
動作	試水溫　撒魚食
表情	專注　喜悅

一句話提示

仔細描寫魚在魚缸中的姿態，以及程程在餵養金魚的過程中是如何照顧金魚的。

學習摘葡萄

❶ 抓要素

時間	夏天
地點	葡萄園
誰	伊伊
幹甚麼	摘葡萄

❷ 找細節

環境	清風吹拂 碩果纍纍
動作	提着籃子 仰頭 伸手摘
表情	觀察 得意

一句話提示

摘葡萄的時候，伊伊要先摘熟透了的，可是成熟的葡萄可不是都長在最下面，伊伊要怎麼辦呢？

快樂的野餐

❶ 抓要素

時間	夏天的午後
地點	郊外大樹下
誰	欣欣和璐璐
幹甚麼	野餐

❷ 找細節

環境	大樹遮出了大片的陰涼
動作	切麵包 煮湯
表情	興奮 享受

一句話提示

在這樣美麗的環境裏野餐，兩位小朋友的心情怎麼樣？他們都帶了甚麼好吃的呢？

即興表演

① 抓要素

時間	六一兒童節
地點	學校禮堂
誰	萍萍和小林
幹甚麼	表演

② 找細節

環境	寬敞的舞台 台下坐着老師和同學
動作	彈琴　唱歌
表情	羞澀　尷尬 自信

一句話提示

即興表演可不是事先排練好的表演，兩位小朋友是怎麼做到表演得這麼默契的？還可以寫寫他們為甚麼要進行這個即興表演。

朋友的祝福

① 抓要素

時間	早晨
地點	醫院病房
誰	小獅子和朋友們
幹甚麼	大家去探望生病的小獅子

② 找細節

環境	陽光明媚 安靜
動作	手捧鮮花 提籃子 端杯子
表情	意外　感動 開心

一句話提示

小獅子事先沒有想到有這麼多的朋友來探望牠，牠的心裏一定又高興又感動。牠會和朋友們說些甚麼？

分享快樂

① 抓要素

時間	下午
地點	森林裏
誰	小兔和小貓
幹甚麼	送氣球

② 找細節

環境	鳥語花香的森林
動作	遞氣球　拍手
表情	羨慕　驚喜

一句話提示

設想一下小兔子是怎麼得到這些氣球的，牠為甚麼要分給小貓呢？

餵小鳥

① 抓要素

時間	週末
地點	院子
誰	晶晶
幹甚麼	餵小鳥

② 找細節

環境	寬敞的院子
動作	撒小米
表情	微笑

一句話提示

晶晶已經不是第一次餵小鳥了，她和小鳥很熟悉，小鳥會對她有甚麼親暱的舉動？

過生日

	❶ 抓要素		**❷ 找細節**
時間	小德生日	環境	掛着氣球 桌子上有豐盛的食物
地點	小德家		
誰	小德和同學們	動作	切蛋糕 吹蠟燭
幹甚麼	為小德慶祝生日	表情	熱淚盈眶

一句話提示

同學們特意給小德過這樣隆重的生日，會不會是因為小德的父母在外地工作，沒辦法給他過生日，同學們怕小德難過，所以作了這樣的安排？

跳高比賽

	❶ 抓要素		**❷ 找細節**
時間	星期一	環境	操場上擺着跳高的用具
地點	學校操場		
誰	圖圖和同學們	動作	跳躍　翻身 鼓掌
幹甚麼	比賽跳高	表情	緊張　皺眉

一句話提示

這場比賽一定很激烈，試着描寫一下圖圖拼搏競爭和同學們為他加油的場面吧。

精彩的魔術表演

❶ 抓要素

時間	週末
地點	公園
誰	魔術師和小朋友
幹甚麼	表演魔術

❷ 找細節

環境	公園的草坪
動作	手伸進帽子抓着兔耳朵
表情	驚訝 崇拜

一句話提示

魔術師表演了很多奇妙的魔術，還問小朋友們能不能猜出其中的奧祕。小朋友們能猜到兔子是怎麼從帽子裏鑽出來的嗎？

奇特的蛋糕

❶ 抓要素

時間	冬天的下午
地點	南極
誰	小熊和企鵝
幹甚麼	給小熊過生日

❷ 找細節

環境	冰天雪地
動作	鼓掌 雙手揮舞
表情	欣喜

一句話提示

小熊是跟着馬戲團來南極表演節目的，一不小心和同伴走散了。而這一天正好是牠的生日，小熊好傷心啊！小企鵝把小熊請到了自己家裏，還做了一個奇特的冰淇淋蛋糕給牠。

誰打碎了盤子

❶ 抓要素

時間	下午
地點	小雞家
誰	小雞 小狐狸
幹甚麼	打碎了盤子

❷ 找細節

環境	石頭地板 寬敞的客廳
動作	大口喘粗氣
表情	氣惱　擔心

一句話提示

小雞邀請小狐狸來家裏喝下午茶，用了自己最心愛的盤子裝蛋糕，可是小狐狸沒接住盤子，盤子掉在地上摔碎了。

打乒乓球

❶ 抓要素

時間	週末
地點	體育館
誰	舟舟和晴晴
幹甚麼	打乒乓球

❷ 找細節

環境	安靜舒適的體育館
動作	跳躍 奮力揮球拍
表情	緊張　專注

一句話提示

舟舟和晴晴為了參加學校的乒乓球比賽，每個週末都到體育館打乒乓球，他們互相鼓勵，互相學習，球技都有所提高。

做手工

 ❶ 抓要素

時間	視藝課
地點	視藝教室
誰	我和同學們
幹甚麼	做手工

❷ 找細節

環境	小桌子上放着各種做手工的工具
動作	塗膠水　剪紙
表情	入迷　感興趣

一句話提示

同學們都特別喜歡上手工課，他們有各種各樣的創意，連老師都讚歎不已。你來想像一下同學們都創作了甚麼作品。

植物園

❶ 抓要素

時間	暑假
地點	植物園
誰	小雲
幹甚麼	欣賞植物

❷ 找細節

環境	美麗的花園　珍貴的花木
動作	彎腰　深深吸氣
表情	驚歎

一句話提示

小雲去植物園，看到了很多平常很難看到的奇特花木，有長相特別的，有香味奇異的，有格外美麗的，還有很多生長在特殊地域的植物。

129

打籃球

❶ 抓要素

時間	星期一
地點	學校操場
誰	小君　朱朱　阿良
幹甚麼	打籃球

❷ 找細節

環境	放學後的操場
動作	拍打　扣籃
表情	生氣　着急　慚愧

一句話提示

打籃球講究的是團隊精神，要通過隊員的共同努力才能獲得勝利，可是小君、朱朱、阿良卻因為想自己搶球扣籃而發生了矛盾。

地球的願望

❶ 抓要素

時間	很多年後的一天
地點	太空
誰	地球
幹甚麼	幻想自己能洗個澡

❷ 找細節

環境	星光閃爍的太空
動作	搓洗
表情	憂鬱　開心

一句話提示

人類對地球上的資源不停地開發，地球上到處堆滿了垃圾和有害物質，它好想痛痛快快洗個澡，讓自己恢復成以前的樣子啊！

愛提問的維維

❶ 抓要素

時間	星期一
地點	教室裏
誰	維維 同學 老師
幹甚麼	維維提問

❷ 找細節

環境	寬敞明亮的教室
動作	舉手
表情	疑惑 興奮

一句話提示

維維是個特別愛提問的孩子，無論在甚麼課上，他總是非常積極地提問題。可是他有個毛病，就是根本不聽老師的講解，亂提問題。

我不挑食

❶ 抓要素

時間	吃晚飯時
地點	家裏
誰	江江和爸爸、媽媽
幹甚麼	吃飯

❷ 找細節

環境	整潔的餐桌上擺着飯菜
動作	夾菜 大口吃飯
表情	充滿信心

一句話提示

江江原來是個特別挑食的孩子，面黃肌瘦，整天無精打采。爸爸、媽媽帶他到醫院檢查身體，醫生給江江講了挑食的危害，江江回家之後不再挑食了。

小貓釣魚

	❶ 抓要素		**❷ 找細節**
時間	早晨	環境	白雲飄飄 清澈的小河
地點	小河邊	動作	拿着魚竿 撲蝴蝶 追蜻蜓
誰	小貓		
幹甚麼	釣魚	表情	失望　思考 全神貫注

一句話提示

小貓剛開始釣魚的時候，一會兒去撲蝴蝶，一會兒去抓蜻蜓，後來牠改正了不正確的做法，專心致志地守着魚竿，終於釣上了魚。

分西瓜

	❶ 抓要素		**❷ 找細節**
時間	一天下午	環境	天氣炎熱 小路崎嶇
地點	山間小路	動作	切西瓜
誰	小熊和 小老鼠		
幹甚麼	吃西瓜	表情	疲憊　暢快

一句話提示

小熊在山下買了個大西瓜，打算和小老鼠一起分着吃。可是切成了一大一小兩份。小老鼠提議大個子吃大的，小個子吃小的。牠們很順利地解決了大小不勻的問題。

搬蘿蔔

❶ 抓要素

時間	中午
地點	山裏
誰	淘淘兔和乖乖兔
幹甚麼	搬蘿蔔

❷ 找細節

環境	風和日麗 山上的小路
動作	背蘿蔔 抬蘿蔔
表情	疑惑 吃驚 哭笑不得

一句話提示

面對一個超大號的蘿蔔，乖乖兔在前面抬，淘淘兔在後面搬，要一起把蘿蔔運回家去。可是淘淘兔因為嘴饞，沒控制住，所以就發生了一件有趣的事。

粗心的小狐狸

❶ 抓要素

時間	早上
地點	狐狸家後院
誰	小熊和狐狸
幹甚麼	踢球

❷ 找細節

環境	廚房 後院空地
動作	洗碗 踢球
表情	懊悔 吃驚

一句話提示

小狐狸本來吃完飯在洗碗，忽然聽見小熊叫牠出去踢球，牠匆匆忙忙地出了門，結果忘記關水龍頭了。

給媽媽送傘

❶ 抓要素

❷ 找細節

時間	星期天的下午	環境	下起了大雨
地點	家裏	動作	張望　拿着傘跑出家門
誰	琦琦和媽媽		
幹甚麼	下雨了，琦琦給媽媽送傘	表情	擔心　高興

一句話提示

琦琦看到下雨，想起媽媽沒帶傘，決定給媽媽送傘，送傘的過程中她是怎麼想的？

井裏的倒影

❶ 抓要素

❷ 找細節

時間	冬天	環境	冬天越來越冷食物越來越少
地點	森林裏的井	動作	對着井口咆哮
誰	小兔　獅子　小貓		
幹甚麼	制服獅子	表情	驚恐　憤怒　沮喪

一句話提示

小花貓告訴小白兔，獅子要吃掉自己。小兔子為了救小花貓，想出了一個好主意。牠把獅子騙到井邊，指着水井裏獅子的倒影，騙獅子說是怪獸。

洗衣服

❶ 抓要素

時間	星期天
地點	院子裏
誰	朱朱 張阿姨
幹甚麼	踢球碰掉衣服 重新洗衣服

❷ 找細節

環境	住了很多戶人家的大院子
動作	踢球　搓洗
表情	驚訝　讚許

一句話提示

朱朱踢球時沒有注意張阿姨晾曬的衣服,把衣服碰掉、弄髒了。後來朱朱是怎麼做的?

讓座

❶ 抓要素

時間	早上
地點	公共汽車上
誰	京京和背包的叔叔
幹甚麼	讓座

❷ 找細節

環境	行駛的公共汽車
動作	背着包 抱着京京
表情	思索　開心

一句話提示

京京是一個小孩,他為甚麼會給成年人讓座?是不是看見叔叔背的包太沉了,叔叔在車上站立不穩?

救火

❶ 抓要素		❷ 找細節	
時間	放學後	環境	濃煙從房子的窗口飄出來
地點	路邊的房子	動作	奔跑　端盆　潑水
誰	小鵬和老爺爺	表情	尷尬　氣惱
幹甚麼	救火		

一句話提示

老爺爺抽的這煙斗煙太大了，小鵬做事也太急躁，所以好心辦壞事了。

到底怪誰

❶ 抓要素		❷ 找細節	
時間	放學後	環境	校園的地上有塊香蕉皮
地點	校園裏	動作	撲倒　彎腰　端盆
誰	虹虹和宣宣	表情	生氣　抱歉　慚愧　大笑
幹甚麼	虹虹不小心把水盆扣在宣宣頭上		

一句話提示

虹虹走路不小心滑倒了，手裏端着的盆正好扣在走在前面的宣宣頭上。宣宣剛要生氣，卻看見了害虹虹滑倒的香蕉皮，他不好意思地笑了，這香蕉皮正是他扔的。